꽁심이

육아일기

세상에서 가장 행복한 엄마가 쓴

꽁심이
육아일기

차차심 글 · 그림

행복하세요!

황금나침반

차례

첫 번째 이야기

초보엄마의 좌충우돌 육아일기

두 번째 이야기

아이와 함께 자라는 엄마, 아빠

세 번째 이야기

가족이란 이름으로 만들어가는
행복한 세상

Prologue Part 1
꽉 찬 느낌

18년 전 한 소년이 있었습니다.

검은 뿔테 안경에 덥수룩한 머리를 하고 다니는…
뭐랄까?
전혀 여자친구는 사귈 수 없을 것만 같은 외모라고나 할까요?
하하하하~

그 소년은 화실에서 만난
한 소녀를 사랑했고,

그 긴 세월 동안 소녀 곁에서
좋은 오빠로 맴돌다…
결국 9년 후 그 소녀와 결혼을 했습니다.

결혼 후 알콩달콩 살아가던 그들은

둘이 함께한 지 6년 쯤 되던 어느 날,
둘만으론 채워지지 않는 느낌을 받게 되었고

그래서 셋이 되기로 결심했습니다.

그렇게 셋이 된 그들!
호호호~ 당분간은 꽉 찬 느낌으로 살아갈 수 있을 테지요?

Prologue Part 2
꽁심이의 세상 나들이

2004. 11. 16 오후 2:00

출산예정일 3일 전, 161cm, 75Kg!
굉장한 모습의 엄마가
외할머니, 외할아버지와 함께 힘겹게 남산을 오른다.

평소에 미리미리 운동 좀 하시던지…
이제서야 살이 너무 쪘네! 자연분만 하려면 운동해야 하네! 하며
어찌나 강행군을 하시는지…

2004. 11. 16 저녁 8:00

만출력을 좋게 한다며, 요즘 매일 엄마가 하시는 운동이다.
그런데 이 동작이 아빠는 그렇게 웃긴가?

우리 아빠 오늘도 어김없이 웃다
또 한 소리 들으신다.

2004. 11. 17 오전 11:00

순산에는 걷기가 최고라며 아침부터 외출 준비를 하더니
엄마는 오늘도… 외할머니랑 산에 오르신다.
음~ 17일이라… 예정일 이틀 전이긴 하지만
엄마가 이렇게 빨리 나오라고 재촉하시는데 계속 무시할 수도 없고…

그래! 그럼 이만 나가봐야겠다!
엄마! 엄마!

엄마에게 신호를 보냈는데 엄마가 아직 잘 모르신다.
경험이 없으셔서 내 신호를 이해하지 못하는 걸까?
그럼 좀더 강하게… 엄마!

내 신호 주기를 체크하시더니… 어? 어라!
엄마가 무슨 생각이신지, 산행을 계속하신다.
엄마! 나 이제 나갈 거야!
집에 안 가요?

결국 우리 엄마 쉬다 걷다를 반복하며
목표한 코스를 다 돌고 내려오셨다. 엄마, 굉장해요!!

2004. 11. 17 오후 6:00

내 신호가 오전보다 강하고 빨라진 모양이다.
축구경기를 보며 저녁을 먹던 엄마가 갑자기
외할머니를 찾고 삼촌을 부르고… 집에 가자고 준비를 재촉한다.

그런데 정작… 가족들만 분주하게 만들어놓고선
그 와중에 날 만나려면 힘을 써야 한다며,
외할머니가 끓여주신 쇠고기버섯전골을
바닥까지 깨끗하게 비우고 계신 우리 엄마… −_−;;

15

겨우 집에 도착,
일간지 작가인 우리 아빠, 내가 나오면 한 며칠 작업을 못 한다며
원고를 뿅빠지게 하고 계시다가, 신음하며 들어오는 엄마를 보자,
놀라서 맨발로 뛰쳐나오셨다. 훗! 당황하시긴…

아직 5분 간격이 안됐다며 욕탕 안으로 들어가시는 엄마…
뭐… 내가 나오면 며칠간 샤워를 못 하게 된다나?
그나저나 우리 엄마 초산 맞아? 이것저것 할 건 다 하시네…

아~ 그나저나 엄마가 탕 속에 들어가니
나 또한 기분이 좋아지는걸?
잠이 오려고 하네…

2004. 11. 17 밤 10:30

엄마! 엄마! 급하게 보낸 내 신호에 놀란 엄마는
부랴부랴 미리 준비해놓았던 출산 가방을 챙겨
드디어 조산원으로 떠나신다.

2004. 11. 17 밤 11:30

가는 도중 친할머니까지 차에 태우고 가까스로 조산원에 도착.
괴성을 지르며 울부짖는 산모와, 산모 못지않게 아파하며 걱정스러운
표정들로 그녀를 둘러싼 한 무리의 가족을 맞은 아기할매는
한참을 웃으신다. 하긴 내가 생각해도 좀 웃긴 모습이겠다.

2004. 11. 17 밤 12:00

진통이 오면 괴성을 지르며 울부짖다가
진통이 없을 땐 아무 일 없었다는 듯 멀쩡해지는 엄마.
모르는 사람이 보면 음…

진통이 없는 틈에 겨우 옷을 갈아입고 할매랑 함께 진찰실로 들어가신다.
잠시 엄마를 진찰하시는 할매, 할매의 두 손가락이 내 머리가
있는 곳까지 들어와 살피더니 내가 나갈 길이 4cm 정도 열렸단다.

잘하면 4시간쯤 뒤엔 세상 구경을 할 수 있을 거라고…
골반뼈가 잘 열리도록 호흡 잘하면서 기다리란다.
오, 오, 오! 이거 기분이 이상해지는걸…
내가 오늘 정말 세상 밖으로 나간단 말이지?

18

두근! 두근!

엄마! 이제 남은 시간 동안
길 좀 확실하게 넓혀주세요.
아직은 좁아서 못 나가겠거든요.

2004. 11. 18 새벽 2:00

아~ 거의 2시간 동안 엄마와 나의 길 넓히기가 진행됐는데…
어째 그다지 길이 넓어진 것 같지 않다.
일명 공주의자라고 불리는 곳에 앉아 진통하시는 엄마,
아기가 잘 나오도록 도움을 주는 의자라는데…

호흡이고 뭐고, 분만실에 언제쯤
들어가는 거야? 그냥 빨리 낳았으면
좋겠다… 너무 힘들어…ㅠㅠ

때가 돼야 낳지.
잘하고 있어.
조금만 참아, 차심아.

아유! 꽁심아~
어쩌냐… 어째!
조금만 더 힘내라!

차심아!

삼음교가 어디더라?
음… 여긴가? 삼음교를
눌러주면 분만촉진을
돕는다고 하던데…
여보, 힘내!

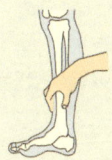

아빠! 삼음교는 안쪽 복사뼈 위로 3cm
올라간 뼈 아래 우묵한 곳에 위치한다고
출산교실 간호사 이모가 그랬잖아요.
그러니까 평소에 좀 미리미리
지압해주시지… 자주 안 하시니까 까먹죠.

19

2004. 11. 18 새벽 3:40

엄마가 2분 단위로
소리를 치기 시작할 때쯤,
할매가 다른 산모의 분만을 마치고
들어오셨다.
역시 내 예상대로 엄마의 자세가 이상했었나 보다.
할매가 들어오자마자 엄마를 야단치신다.

그래? 어디 얼마나
문이 열렸나 보자. 잉?

아이고! 꽁심이 엄마야…
그 의자는 그렇게 앉는 게 아니다.
아기가 다시 위로 올라가버렸겠네.
여태 이렇고 앉아 있었냐?

그렇게 할매의 지시대로 자세를
바꿔 힘쓰기를 두어 번…
드디어 양수가 터졌다.
자세만 조금 바꿔줬을 뿐인데,
이렇게 쉽게 양수가 터지다니….

이렇게 허리를 펴고,
아래쪽으로 힘을
모아서… 으으윽~!

꽁심아!
나와라!

2004. 11. 18 새벽 4:00

드디어 엄마가 분만대 위로 올라간다.
잠시 진찰을 하던 할매가 내 머리가 보인다신다.
10cm 정도 열린 거라는데… 우리 엄마, 진통은 좀 덜해졌단다.
그래도 휴식기가 짧아져서일까?
엄마는 상당히 지쳐보인다.

드디어… 하나, 둘, 셋!

할매의 구령에 맞춰 엄마가 드디어 힘을 쓰신다!
자, 엄마! 저녁에 먹은 쇠고기버섯전골의 위력을 한번 보여줘봐요!
하나, 둘, 셋!!

역시 초보여서일까?
자꾸만 엉뚱한 타이밍에 힘을 주신다.
결국 할매한테 또 야단맞고….

2004 .11. 18 새벽 4:20

이젠 할매도 간호사 이모도 엄마도 모두 지치신 듯하다.
하긴 엄마는 어제오늘 산에 오르고 이제까지 힘주느라 에너지를 많이
소비했을 테고, 할매랑 간호사 이모도 아침부터 지금까지 잠도 제대로
못 자고 아기들을 받으셨을 테니 힘도 드실 게다.

2004. 11. 18 새벽 4:30

잠시 아무런 힘도 못 주고 힘들어하시던 엄마!
내 리듬을 읽으려고 노력하며 다시 힘을 주신다.
맞아요! 엄마, 그 리듬! 그 느낌 그대로…

아, 머리가 깨지는 것 같다. 내 머리가 큰 걸까?
나가는 길이 정말 좁게 느껴지네…
거의 다 온 것 같긴 한데… 이 문을 어떻게 빠져나간다냐!
머리를 좀 회전해볼까?

엄마~ 릴렉스~

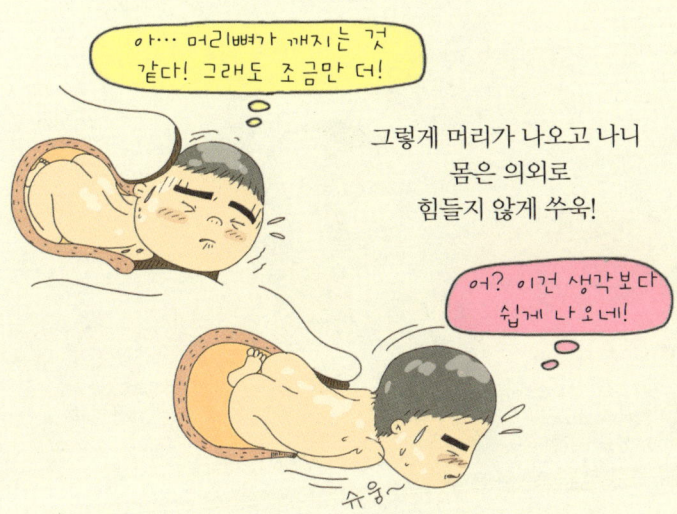

그렇게 머리가 나오고 나니
몸은 의외로
힘들지 않게 쑤욱!

드디어 나왔다!!

살짝 한쪽 눈을 떴는데 아빠랑 눈이 마주친다.
그 순간 조금 당황하시는 우리 아빠.
신생아가 눈을 뜰 거란 예상을 미처 못해서 놀라셨다나…

아! 엄마… 엄마가 나를 바라보신다.
할매가 내 입과 코에서 뭔가 답답했던 이물질을 빼주신 후,
엄마 가슴 위로 나를 안겨주셨는데,
우리 엄마, 어색한지 나를 쉽게 만지지 못하신다.
엄마, 그냥 날 만져도 돼요. 너무 어려워하지 마세요.
조금 지나서야 내 머리를 쓰다듬는 우리 엄마!
사랑한다고, 나오는데 힘 못 줘서 힘들게 해서 미안하다고 울먹이신다.
아유~ 엄마도 참! 괜찮아요.
사실 제가 탯줄로 몸을 칭칭 감고 나오는 바람에
엄마가 더 힘드셨던 거라는데….

그렇게 엄마 품에 안겨 지친 몸과 맘을 쉬고 있는데,
할매가 아빠에게 내 탯줄을 자르라고 하신다.

그 순간 10개월간 엄마 뱃속에서부터 함께했던 모든 일들이
주마등처럼 스쳐 지나갔다.

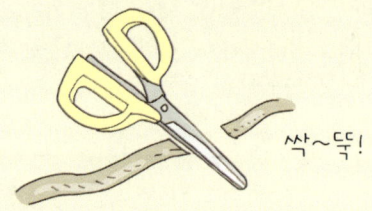

싹~뚝!

이젠, 정말 자궁 밖 세상에서 살게 되는 거구나!

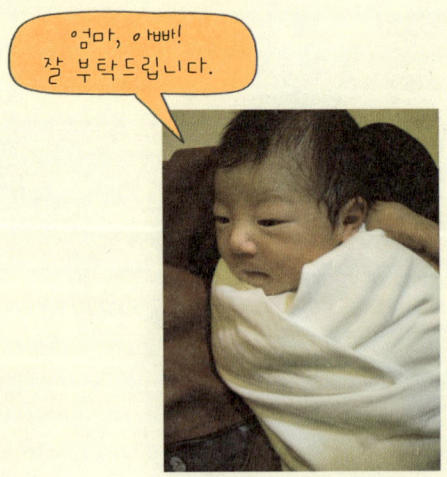

엄마, 아빠!
잘 부탁드립니다.

키 52cm, 몸무게 3.56kg
태어난 지 5시간째 되는 꽁심이입니다!

휴가를 준다면 누구에게?

아내, 친구, 며느리, 딸, 프리랜서, 엄마로서의 차심 씨!
휴가를 준다면 누구에게?

아내로, 며느리로…
그렇죠, 다들 힘드시죠?

하지만 역시
휴가가 필요한 사람은…

가만히 생각해보면
우린 정말 많은 역할들을 소화하며 살고 있는 것 같다.
엄마, 며느리, 아내…

누군가 나에게 그 많은 역할들 가운데
어떤 것이 가장 힘드냐고 묻는다면
난 주저 없이 엄마로서의 나를 꼽을 것이다.

아기를 돌보느라 육체적으로도 힘들지만
나로 인해 하나의 새로운 인격이 형성된다는
정신적인 부담감! 어찌 말로 표현할 수 있으리…

그 어떤 일보다도 어렵지만 또 한편으로는
가장 뿌듯함이 남을 엄마라는 역할!

후우우~

그저 오늘도 파이팅이다!!

과연 누구를 위한?

중얼중얼

엄마가 가장 좋은 선생님이다. 엄마의 목소리가 아기에게 정서적인 안정감과… 중얼 중얼 중얼…

꽁심이랑 함께 놀아줄 봉제 인형을 만들어야겠다. 흣! 엄마의 따스함이 전해지겠지~

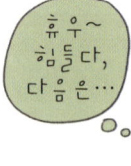

휴우~ 힘들다, 다음은…

음~ 다른 엄마들은 이렇게도 놀아주는구나. 좋아, 메모해두자.

꽁심이를 위한다고 하면서
가끔 내가 뭘 하고 있나 싶을 때가 있다.

꽁심이의 첫 인지

태어나서부터 할머니의
보살핌을 받아왔던 우리 꽁심이.

재워주시고 씻겨주시고…

그런데 요즘…

꽁심이가 엄마를 인지하기 시작했다.

그래서 꽁심이의 행동에
괜시리 죄송스러운 요즘이다.

꽁심이 팁!

생후 6개월이 지나면서부터 아기들은
엄마를 다른 사람과 구별하기 시작해요.

낯을 가리던 아기는
낯가림이 더욱 심해지고

낯을 안 가리던 아기라도 이 시기엔 엄마에게
밀착하려는 의지가 생기게 돼요.

그래서 엄마들이 본의 아니게
당황하는 경우가 종종 있답니다.

하지만 이런 반응이 다 아기가
똑똑해진 결과라니 감수해야겠지요.

 # 어느 우울한 하루

따르릉~   따르르릉~

여보세요?

차심이니?
나야 나, 미영이!
잘 있었지?

아휴… 우리 후배로 들어와서
그림 가르쳐달라고 따라다닐 때가
엊그제 같은데…
이젠 우리보다 훨씬 잘나가니
부럽다, 부러워.
암튼 그래서 이번 주말에
혜은이가 한턱 쏜다니까
시간 되면 꼭 나오라고.

아, 글쎄~
시간이
어찌 될지
모르겠네.

그래?
그럼 그때 봐서
전화줘.
잘 지내고….

딸칵!!

......

공모전 대상,
일본…!

아기를 키우다보면 잃어버린
자신의 시간에 대한
쓸쓸함이 밀려올 때가 간혹 있다.

특히 함께 시작했던 동료들의 성장 소식은
왠지 정체되어 있는 것만 같은 나 자신과 비교돼
한없는 우울함을 만들기도 하다
육아와 자기 발전이라…

후우우우….

머리를 묶는 이유

꽁심이와 외출하다 보면

사람들은 종종 우리 꽁심이를…

남자아이로 오해하곤 한다.

뭐 또래 아기들보다 통통하기도 하지만
역시 머리 길이가… ㅠㅠ

처음엔 그럴 때마다 일일이
딸아이라고 말하고 다녔지만

이젠 그냥
상대가 원하는 대답을 해준다.

그랬다. 아이가 없던 시절…
몇 가닥 없는 아이의 머리카락을 이리저리 묶어준
엄마들을 보면서 '좀더 길면 묶어주지.
너무 당겨져서 아프겠다' 하며 혀를 차곤 했다.

그러나 지금은 이해할 수 있을 것 같다.
그때 그 엄마들이
왜 그렇게밖에 할 수 없었는지를…

딸아이를 딸아이로 보이기 위한
최선책이었던 것이다.

그리고 어느새 머리숱 없는 딸아이의 엄마가 된 나.
그 옛날 그녀들의 전철을 밟고 있다.

이제 오해하는 사람 없겠지?

before

after

수요와 공급의 문제

매주 금요일은 꽁심이와 함께 문화센터에 간다.
공식적으로는 꽁심이 수업을 받기 위해 가는 거지만
실은 엄마들과의 수다가 주목적.

박식한 육아전문가 오공 엄마,
항상 우리에게 유용한 정보를 전달하곤 한다.

48

그러고 보면 모유 수유를 이유로
음식에 대해
너무 관대해진 요즘이다.

반성하자!!

혜미 언니를 만나다

강혜미!
늘 한발 앞선 세련됨으로
그녀가 입은 옷은 언제나 유행이 되었고…

이야! 강혜미 씨,
이번 프로젝트
멋있었어!

뛰어난 사교성과
쿨한 모습으로 사회 생활에서도
인정받던 그녀는

상황에 따라 다른 분위기를 연출할 줄 알았고
그래서 그녀 주위엔 언제나 맨들이 넘쳐났었다.

화장기 없는 모습으론 동네 슈퍼에도
나가지 않던 그녀.

오늘 그런 혜미 언니를 2년 만에 만난다.

너무도 소박한 그녀의 모습에 난 놀라지 않을 수 없었다.

달라진 그녀!

뭐!!
한쪽 젓만 먹인다고?
안 돼, 언니!
그럼 나중에 짝가슴 된다고.
스타일 완전 구겨질 텐데…

우리 차돌이가
좀 까다롭거든…
뭐 그래도 한쪽이라도
먹어줘서 감사한걸.
모유 수유하려고
얼마나 고생했는데.

우리 자주 연락하고 지내자.
이 녀석들이 신나게
이 세상을 알아갈 수 있도록
함께 도와주자~

그녀는 이제 엄마였다.

언니와 헤어져서 돌아오는 길에
이런저런 생각들이 머릿속을 스쳐 지나갔다.

언니를 보고 어떤 친구들은
결혼하고 아기 낳더니
스타일 구겨졌다고도 했지만…

내가 느낀 혜미 언니는
어느 때보다도 멋지고
사랑스러웠다.

아기에게 귀 기울일수록
아이와 함께하는 시간이
행복해진다는 언니…

혜미 언니 파이팅!
저도 멋진 엄마가 될 게요!!

꽁사마의 조합

책 읽기를 즐기는 꽁사마.

임신 3개월

풋! 빠른 사람도 18주는 돼야
태동을 느끼는데, 이제 꽁심이는
키 9cm, 몸무게 20g.
아직 멀었어.

· 아꾸꾸

책에서 파생된 그의 생각들은

가끔 엉뚱한 주제로 끝나곤 한다.

58

오늘도 엉뚱하고 뜬금없는 모습으로
꽁심이와 함께하는 그….

꽁심아, 고마워 ♡
하느님께 감사합니다.

06. 아빠가

 # 꽁심이의 세상 인지

이 공간을 우리 꽁심이가
어떻게 인지하고 있을지 궁금해졌다.

뭐든지 입으로 들어가는 꽁심이 때문에
하루 종일 청소를 하는 요즘이다.
언제쯤 그녀의 세상 맛보기가 끝날는지.

그나저나 꽁심아, 세상은 어떤 맛이니?

쭉쭉쭉

가족 플래시카드 만들기

추석입니다.
평소에 자주 못 만나던 친지들을 볼 수 있는
가족 모임의 장이 되겠지요?

그래서 준비했습니다.
아기를 위해 가족과 함께하는
즐거운 추석 만들기!

아기들 책 중에 할아버지, 할머니, 엄마, 아빠 등
가족 구성원들의 호칭을 가르쳐주는 책이 있습니다.

뭐야? 좀 생뚱맞다,
이 할머니, 할아버지.
우리 꽁심이가
헷갈리지 않을까?

책 속에 그려져 있는 엉뚱한 모습의 그림들을 보다 문득

아기에게 진짜 가족들을 인지시켜주는 것이
어떨까 하는 생각이 들었습니다.

그래서 작업해보았습니다!
꽁심이의 가족 플래시카드!

먼저 가족들의 사진을 찍습니다.
추석을 기회로 오랜만에 만나는 많은 친지분들의 얼굴을
사진에 담아두면 더욱더 풍부한 자료가 되겠지요?

처음엔 어색해 하시던 부모님들도
무척 즐거워하실 겁니다.

이렇게 가족, 친지들의 사진을 찍은 후
편집과 출력이 가능하신 분들은 컴퓨터를 이용해
사진 아래에 각자의 호칭들을 적어줍니다.

(참고로 위의 그림과 같이 바탕색을
다양하게 해주면 더 좋겠죠.)

컴퓨터 작업이 어려우신 분들은
사진을 현상, 인화한 후 예쁜 색지에 붙여
작업하시면 됩니다.

다음엔 사진들을 코팅하고

이제 코팅된 사진 테두리를 천으로 감싸면 플래시카드 완성!

재봉틀로 박아주면 더욱 튼튼하게 마무리된답니다.
자, 이제 우리 아이들이 물고 빨아도 안전합니다.

시간은 좀 들지만 이렇게 만들어주면
아이들이 자주 보기 힘든 친척들을
좀더 친근하게 느낄 수 있겠죠?

다양한 표정의 사진을 준비해
의성어, 의태어와 함께 응용한다면
더 멋진 교육 자료가 된답니다.

아, 그나저나 음식…

젊은 언니, 오빠, 삼촌, 남편들… 이번 명절 땐 좀 도와주실 거죠?

올 추석엔 가족과 함께 사진도 찍고
아기를 위해 교육 자료도 만드는 일석이조의
알찬 시간들 보내세요.

가족 모두가 함께하는 명절을 만들어보아요!

성격 좋은 꽁심이

엄마 없이도 잘 노는 성격 좋은 꽁심이.
늘 동서의 부러움을 받아왔는데…

그러나 그 좋은 성격 덕에

때론 일복이 터진다.

꽁심아, 가끔은…

72

엄마도 쉬고 싶단다.

엄마가
그립지도 않니?
흑흑흑

우우~   아아아아

눈치 없는 아들, 꽁사마

74

결혼 초기, 내가 만드는 음식마다 트집 잡던 남편,
자주 어머니와 비교하며 나를 화나게 했는데…

그렇게 시간은 흘러 결혼 8년차…

이젠 나에게 길들여진 입맛으로
어머님의 반찬을 트집 잡고 있는 남편…

그런데도 우리 어머님은 화 한 번 안 내시고
식사 시간 내내 아들의
젓가락 끝만 바라보시며
당신의 손맛이 변했다고 자책하신다.
변한 건 아들의 입맛이건만…

조금씩 나에게 길들여질수록
어머님에게선 멀어지는 것이
당연한 일이지만 가끔 어머님의 뒷모습을 보면
내가 잘못한 것도 아닌데 죄송한 마음이 들 때가 있다.

세상의 모든 남편이자 아드님들,
부디 좀더 여우가 되시길…
낭신이 무심히 내뱉는 밀에
두 여인은 상처받을 수 있답니다.

인형 놀이

어려서부터
인형 놀이를 무척이나 좋아했던 나.

누구나 그렇듯 언제부터인가
더 이상 인형을 가지고 놀지 않게 되었다.

그렇게 이 옷, 저 옷을 입혀보며
인형을 꾸미던 정성은
성장하면서 자연스레 내 자신에게로 이어졌고

결혼 후 그 정성은 차츰 나에게서
남편에게로 옮겨져…

아이가 생긴 지금은
내 취향대로
내 가족들을 꾸미고 있다.

그리고 보니
어쩌면 나…

아직도 인형 놀이를 하고 있는 건 아닐까?

모유의 성분

모유를 넣은 젖병을
1시간 동안 밖에 놓아두면
세 부분으로 분리되는데
바로 그 순서로
모유가 아기에게
전달된다우.

처음 1단계, 수유 시작 부분은
탈지유 비슷한 젖이 나와
아기의 갈증을 해소해주는데,
전채 요리 같은 부분이랄까?
자궁 수축을 돕는 호르몬이기도 한
옥시토신이 풍부해서
엄마와 아기 양쪽 모두에게
좋은 영향을 주지.

그리고 2단계 전반부 부분은
수유 시작 5~8분쯤 지나면 나오는데
농도는 일반 우유와 같고
뼈와 뇌의 발달에 좋은
단백질이 풍부한 젖이 나오고

마지막으로 3단계 후반부 부분에
농도가 짙고 걸쭉하고
맛있는 젖이 나오는데
이 부분엔 지방이 많이 들어 있어서
아기의 몸무게를 늘려준다우.

호호, 고놈
귀엽게
생겼네.

86

 # 한순간이다

청소 뒤라 이 둘을 남겨놓고 나간다는 것이
다소 불안하긴 했지만
너무도 자신 있게 대답하는 꽁사마.

그러나…

…한순간이다.
하루가 멀다 하고 청소하고 집 분위기를 바꾸던
나였는데 요즘은 점점 의욕이 사라진다.
치우기가 무섭게 다시 모든 걸 원점으로 돌려버리는
요술공주 꽁심이…
아이가 있다는 것이 이렇게 나의 공간을
변화시킬 줄이야.
말끔하게 청소하고 커피 한 잔하며
잡지 한 권 읽고 싶다는 꿈을 꾸는 요즘이다.

음… 우렁이라도 한 마리 키워볼까?

오늘도 파이팅이다!

가끔은 정말 지쳐서 나 몰라라
모든 것을 포기하고 싶을 때
난 마음속으로 카운트다운을 센다.
그러면 이상하게도
어느새 복서처럼 다시 파이팅이 된다.
한 번뿐인 내 인생…

이렇게 오늘도 난 챔피언이다!

아이와 함께 자라는
엄마, 아빠

존중의 둘레

누군가 허락 없이 내 몸을 이리저리 휘두르고

느닷없이 사람들 앞에서 팬티를 벗기고

아무 예고도 없이 갑자기 입을 막아댄다면…

아무것도 모를 것이라며 벌이는
어른들의 예고 없는 무심한 행동들로 인해 우리 아기들이
굉장한 스트레스를 받고 있다고 한다.

세상에 태어나 처음 접하는 모든 것들을
무조건 받아들이라는 것보다는
알아듣지 못하더라도 하나하나 설명해주고
이해시키려는 부모의 태도가 매우 중요하다고…

자신이 처한 알 수 없는 상황에서 들려오는
부모의 따뜻하고 상냥한 목소리가 아기를 세상과 부드럽게
연결해줄 수 있다는 것이다.

우리가 싫은 건 분명 아기들도 싫어할 테니까.

칭찬

아유~ 우리 꽁심이
일어났어요?

아~함

옳지!
우리 아기
밥도 잘 먹네.

아⋯ 아

응가도 잘하고⋯

잠만 잘 자도, 밥만 잘 먹어도, 똥만 잘 싸줘도
지금은 이렇게 예쁘고 감사한데…

문득 이런 칭찬을 과연 언제까지 할 수 있을까
하는 의문이 든다.

건강하게 태어나준 것만으로도
감사했던 마음에 조금씩 욕심이 더해져
더 이상 꽁심이에게
칭찬을 못 하는 엄마가 돼버리진 않을지…

가만히 생각해보면 언제부터인지
칭찬받아본 적이 별로 없는 것 같다.

너무도 많은 일들이 당연히 해야 하는 일들로 되어버려
누구 하나 그런 일들로 더 이상 칭찬을 해주지 않으니…

아! 오늘은 왠지 나도 누군가에게 칭찬받고 싶다.
잠 잘 잤다고, 밥 잘 먹었다고.

그리고…

똥 잘 쌌다고….

사고 없이 조용히 하루를 마감하나 했더니
저녁상을 치우는 사이
결국 꽁심 양, 하루라도 사고를 안 치면 손바닥에
가시가 돋는지 상에 있는 김치 그릇을 뒤엎었다.

107

그렇게 얼떨결에 처음으로
혼자 꽁심이를 씻기게 된 꽁사마…

흣! 아기 키우기가 얼마나 힘든지 알겠지, 꽁사맨!

욕실에 들어간 지 30분이 지났는데
도통 나오질 않는 것이었다.

…도대체 뭘 하는 거지?

그니세니 이 부녀…
왜 아직도 안 나오는 거야?
아직도 못 씻긴 건가?

여보!
목욕 아직
안 끝났어?

아, 꽁심이 씻기다
다 젖어서…

109

진땀 흘리며 당황하고 있을 줄 알았는데
예상과는 다르게 꽁사마가
꽁심이와 오붓하게 목욕을 하고 있는 것이 아닌가!

그 모습을 보고 있자니 남자라 아기 돌보기가
서툴 거라 단정 짓고 맡기지 않았던
그간의 시간들이 후회스러웠다. 이렇게 잘해내는데…

그가 꽁심이의 아빠임을 나 스스로 잊은 채
혼자 육아를 도맡으며 그를 아빠의 자리에서
멀어지게 한 건 아닌지…

이제라도 아기 옆에 아빠의 자리를
만들어줘야겠다. 꽁심이는 우리 아기니까…

미안해요, 꽁사마! 앞으론 우리
꽁심이의 사랑스러움을 함께 나눠보아요.

꼬심이 팁!

신생아 때 아빠와 자주 목욕을 한 아이는
친구를 잘 사귀고
밝고 건강한 성격을 갖게 됩니다.

아빠와 목욕을 하면서 느낀 안정감과
따뜻함 때문이라는데…
이렇게 엄마와는 또 다른 세계를
아빠를 통해 경험하고 느낄 수 있기 때문이지요.

아빠들이여, 사교성 좋은 아이를 원한다면
오늘 집에 가서 아이와 함께 목욕을 해보시길~

100일의 약속

웹서핑을 하다 우연히 100일간 하루도 빠지지 않고 글을 쓰면
일기장을 무료로 제작해준다는 사이트를 발견했다.

오오오!
이런 사이트가 있었네!
100일간 매일 쓰면
무료로 책을
만들어준다 이거지.

좋아!
당장 오늘부터
시작이다.

아무런 망설임 없이
일사천리로 회원 가입을 하고

그렇게 포부도 당당하게 쓰기 시작한 육아일기.

그러나 얼마 가지 않아
난 100일을 채운다는 것이 얼마나 힘든 일인지를
알게 되었다.

하루, 이틀, 사흘… 그만그만 쓸 만하더니
5일쯤 지나자 특별한 글재주가 없는 내가 반복되는 일상을
기록해나간다는 것이 어찌나 힘들던지…

결국 열흘이 지나자 포기하고픈 마음이…

어머나! 그건 아니지.
안 돼요, 안 돼! 차심 씨!
자신과 한 약속이잖아요.
100일 뒤에 자랑스러움과
뿌듯함으로 웃고 있을
자신의 모습을 생각해봐요.
조금 힘들다고 이렇게
중간에 포기해버리면,
나중에 꽁심이에게
포기하지 않는 사람이 되라는
교훈을 과연 이야기할 수
있겠어요?

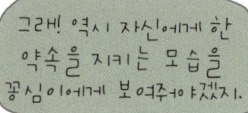

그래! 역시 자신에게 한
약속을 지키는 모습을
꽁심이에게 보여줘야겠지.

철퍼덕!

이제야 알 것 같다.
100일 연속 일기 무료 출판이라는 광고문이
사이트 한 가운데 당당하게 자리 잡고 있는 이유를…

100일이라는 기간은 호랑이가 인간이 되는 것을
포기할 만큼 긴 시간이었던 것이다.

꽁심아!
엄마가 과연 곰처럼
100일 도전에
성공할 수 있을까?

엄마마마
꺄갸꺄
고꼬…

꽁심이가 없었다면 고민도 하지 않고 포기했을 일들이
이젠 엄마라는 단어와 결합되어
나의 생활에 작은 변화들을 만들어간다.
어쩜 꽁심이는 나를 좀더 멋지게 가르치려는
하늘의 선물일지도 모르겠다.

감기 예방

에이…
아침에 컨디션 별로였음
그냥 집에 있지,
왜 나왔어?

에공~ 우리 밤톨이
이번엔 심한 감기
아니었음 좋겠다.

미안해, 엄마가
심심하다구 아픈 널
이렇게 끌고 나와서…

진짜 아기들 감기 걸리면
너무 속상하지 않아?
코도 못 푸는 어린 것이
코가 막혀 젖 한 모금 빨고
입으로 숨 한 번 쉬고 하는데
정말 맘이 얼마나 아프던지…
내가 대신 아프든지 해야지.

그나저나 요즘은 환절기라
어른이나 아기나
감기들 정말 잘 걸리더라.
에휴~ 어쩌겠어.
그냥 감기가 비껴가길
바랄 뿐이지.

119

톡
톡
톡
톡
톡

좌악~

쓰윽

어머어머어!!
그냥 비껴가기만
바란다고요?

뭐… 뭐야!!

정말 한심들 하시네.
감기 걱정만 하지 말고
예방을 하셔야죠!

감기쯤이야 하면서 환절기를 맞이하다
정말 큰일 날 수도 있다고요.
특히 두 돌 전의 아기들인 경우엔
중이염이나 폐렴, 축농증 같은 합병증으로
발전할 수도 있다는 거 모르세요?

또 간혹 보면
독감예방주사를 맞고선
자신은 올겨울에 감기에
안 걸릴 거라 확신하고
계신 분들도 있던데요.
그건 아니거든요~
독감주사는 독감만 예방할 뿐
일반 감기에는 아무 도움도
줄 수 없답니다.

…

아이들의 경우 한 6개월 때까진 태어날 때 모체에서 받은 면역성 덕분으로 감기에 잘 안 걸리지만, 그 후로부터 두 돌 전까진 정말 잘 걸리는 시기이기 때문에 특히 더 신경을 쓰셔야 해요.

자, 그럼 감기 예방법에 대해
공부해볼까요?

먼저 가장 중요한 건
뭐니뭐니해도 청결!

손, 발 자주 씻기고
세수를 자주 시켜주는 것입니다.

다들 잘 알고 계시면서도
의외로 잘 못 지키시더군요.
어린이들의 감기는 손에 의해서
감염되는 경우가
가장 많다는 거 아세요?

외출 후엔 꼭! 꼭! 꼭!
깨끗하게 씻는 습관!
아이나 어른이나 명심하세요.

특히 엄마들! 똥기저귀를 간 후엔 꼭 비누로 손을 씻어주세요. 가끔 손에 묻은 똥찌꺼기를 통해 아이가 장염에 걸리는 경우도 있답니다.

아, 그렇구나! 방심하고 있었어. 기저귀 간 후에 손 씻기! 꼭 기억해야겠다!!

그리고 또 한 가지, 집 안의 온도와 습도를
알맞게 유지해주는 거죠.
온도는 20도, 습도는 40~60%가 좋은데
아이가 감기에 걸렸다면
습도를 조금 더 올려주세요.

과일 껍질을 이용해서도
집 안의 습도 상태를 알 수 있는데요,
만일 귤 껍질이 실온에서
6시간 안에 말라버린다면
공기가 건조한 상태랍니다.

여기서 잠깐! 습도 유지법에 대해 알아볼까요?

습도 유지법
1 가습기 이용
2 화분, 어항 이용
3 식초물 분무
4 젖은 빨래 널기

먼저 가습기, 습도 조절하는 방법이
가장 용이하긴 하지만 반대로
꼼꼼히 챙겨야 하는 부분도 많은데요.
가습기 물통은 매일 뚜껑을 열고 구석구석
청결하게 유지하셔야 해요.

그리고 가습기는 거리도 중요한데요,
너무 아이 가까이에 두면 호흡기 점막을 자극해
오히려 감기에 걸리기가 쉽답니다.
머리맡에서 2~3m 거리는
유지해주셔야 해요.

두 번째로 화분과 어항.
화분은 거실과 방에 놓아두는 것만으로도
40% 이상의 습도를 유지할 수 있어요.

그리고 어항도 좋은데요,
어항은 건조한 실내 공기의
습기를 높여주기도 하지만
어항에서 노는 물고기를
보는 것만으로도 아이들의
정서 발달에 도움이 되니
일석이조라고 할 수 있겠죠.

또 식초를 한두 방울 넣은 깨끗한 물을
분무기에 담아
여기저기 뿌려주는 건데
의외로 집 안의 건조함을
잘 막아준답니다.

마지막으로 젖은 빨래 널어두기도
습도 유지에 도움이 되죠.
빨래를 안 하신 날엔 그냥 수건 몇 장을 적셔서
자기 전에 널어두세요.

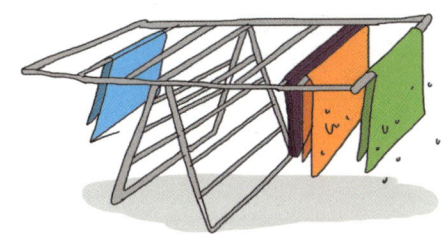

아, 그리고 엄마들이 잘 신경 쓰지 못하는 부분이 있는데요,
가스레인지를 켤 때 반드시 환풍기를 틀어서
연소 가스를 실외로 배출시켜주세요.
LNG나 LPG가 연소할 때 나오는 질소산화물은
냄새는 나지 않지만 호흡기에 상당히 해롭답니다.
아무리 냄새가 나지 않는다고 해도 연소가 밖으로
배출되지 않는 난방기구는 가급적 피해주세요.

자! 오늘은 여기까지.
미리미리 감기에 대한 지식을
알아두고 예방하는 것이
소중한 아이의 건강을
지키는 지름길입니다.
생활 속의 작은 실천,
오늘부터 시작해보세요.

전 그럼 이만…

앗! 그리고 차차심 씨,
책 사다놓고
전시만 하지 마시고
제발 좀 활용하세요.
전 전시용이 아니라고요.

탁!

그러게… 미리미리 대비해서 우리 꽁심이
감기로부터 지켜줘야겠네.

엄마가 꾸는 꿈

129

엄마들과 이런저런 이야기를 하다 보면
늘 주제가 아이들의 장래로
자연스럽게 흘러간다.

다들 아이의 작은 몸짓 하나에 큰 의미를 부여하며
자신의 아이에 대한 미래를 설계하고, 꿈을 꾸고…

그나저나 우리 꽁심이는 정말
어떤 모습으로 세상을 살아가게 될까?

그러고 보니
난 과연 엄마가 꿈꿔오던
모습대로 살아가고 있는 걸까?

엄마!
엄만 내가 커서
뭐가 됐으면 좋겠다고
생각했어요?

글쎄다~

내 욕심에 의한
교육이 아니라
꽁심이를 위한 교육이
돼야 할 텐데….

11월의 의미

으~
정말 검정 숫자가
너무 빽빽하게 들어 있다.
아휴 답답스러워.

11월… 정말 짜증나지 않니?
어쩜 이렇게 무료할 수가 있니?
그치, 미자야?

내 말이…
나두 11월엔
정이 안 가더라고.

그랬다. 예전엔 그랬다. 33년 그 긴 세월 동안
11월은 그저 공휴일 하루 없는,
그래서 미움받는 천덕꾸러기 달에 지나지 않았다.

그러나 지금…

내게 11월은 꽁심이가 찾아온
가장 의미 있고 아름다운 달이 되었다.

가만있자… 14일이라…

돌 준비!

돌 준비!

돌 준비!

언제 이렇게 컸니?

꽁심이의 돌 준비를 위해 이것저것 정리하다가
작년 이맘 때의 일기를 우연히 읽었다.

예정일이 다가올수록 불안하고 초초했던 마음들이
고스란히 적혀 있는 일기장을 보고 있노라니
지금 거실에서 아빠와 장난감을 가지고 놀고 있는
우리 꿈심이가 새삼스럽게 뭉클한 느낌으로 다가온다.

아들일까?

딸일까?

건강할까?

작은 것 하나하나가 다
궁금함으로 다가왔었는데…

꽁심아 너와 함께한 365일
엄마, 아빠 정말 행복했단다.
정말 고마워. 우리 앞으로도 지금처럼
건강하자! 사랑하자!
1,000일, 또 1,000일… 그렇게 그렇게…
쭈우욱~!

가을 하늘만큼 넓게, 높게, 푸르게,
그렇게 널 사랑해~

우리 꽁심이가 나에게로 온 11월,
사랑하는 우리 딸과 함께…

가발 머리핀을 옆머리에
꽂아줬더니…
쪼그만 인형 같다. ^^
보송아빌 귀여운 봄

이 사진 분위기 너무 좋아♥♥
돌날 아침 우리 아기

사랑한다, 아가…

141

 # 둘째가 있다는 것

마님! 대감께서 새부인을 들이셨습니다. 이번엔 복사골의 애심이라 하옵니다.

도대체 이번이 몇 번째란 말이야!

마님! 나리께서 또….

아이구, 어지러워. 이 사람이 정말!

143

나이가 있다 보니 둘째에 대한 이야기가
젊은 엄마들보다 빨리 들려온다.

너를 위해서라도 올해에 가져라,
터울이 커지면 첫째가 스트레스를 받는다!

사실 아직 첫아이만으로도 벅찬데…

정말 외동이는 외로울까?
꽁심이가 정말 동생을 원할까?

머리 무거워지네… ㅠㅠ

갑자기 5년 뒤의 모습이 궁금하게 다가온다.
꽁심이가 동생과 함께 있을지, 없을지…

난 과연 어떤 선택을 했을라나?

꽁심이 지키기

그러나 열여섯 번째 생일날
공주는 그만 마녀가 만들어놓은 물레에 찔려
깊은 잠에 빠져들고 말았습니다.

꽁심이가 걷기 시작하자
집 안의 모든 것들이 나 위험으로 다가왔다.
그 모든 위험으로부터
꽁심이를 보호하겠다며
부산을 떠는 꽁사마의 모습에서,
결국 물레에 찔리고만 잠자는 숲 속의 공주가
생각나는 건 왜일까?

다 좋은데, 그래도 사용할 수 있게끔은 해줘요.
손잡이란 손잡이는 다 빼놓으면 어떡해~

아빠의 감기

꽁심이가 감기에 걸리면…

가족이 모두 감기에 걸린다.

엄마가 감기에 걸려도

온 가족이 감기에 걸린다.

그러나…
아빠가 감기에 걸리면…

꽁사마가 감기에 걸리면 안타깝지만 꽁심이와의 접촉을
제한할 수밖에 없다. 꽁심이를 지켜야 하니까…
미안해, 여보! 그래도 이해할 수 있지?

200점

응애~   응애~

응애~

광숙이 엄마가 어제 아들 낳았대요.
그렇게 아들 낳으려고 노력하더니…

아~ 아들을 내가
낳았단 말인가!

뿌듯!

뿌듯!

이제 날 200점 엄마라고
불러다오~

152

하 하 하 하 하
......
음… 하지만 역시 나도 둘째는 아들이었으면 좋겠다.
광숙이 엄마에게 비법 전수를!
셋째를 한번 가져볼까?
그러나 마음속에선 조금 부러운
딸아이의 엄마들이었다.

선악의 기준

어머! 꽁심이 이제야 얼굴이 자리 잡았네~ 제법 이뻐졌다.

•아구구구
•어마마…

응… 그러니?

뭐야! 그럼 그전엔 어쨌다는 거야? 지금 보니 승희 성격 별로네. 말하는 싸가지 좀 봐라!

그러게? 예전엔 귀엽기만 했는데 지금은 표정에서 지적인 숙녀티가 난다. 정말 예쁘다.

하하하하 예쁘긴 뭐… 차 마셔, 지현아! 넌 어쩜 하나도 안 변했니? 처녀 같다. 호호호~

아이가 생긴 후 선악의 기준이 바뀌었다.

꽁심이를 예뻐하는 사람, 좋은 사람.
안 예뻐하는 사람, 나쁜 사람.

같은 말 다른 뜻

어머! 아기가 너무 예쁘다.

어? 아… 아빠 닮았구나.

가끔은 같은 말이
다른 뜻으로 해석되곤 한다.

그래서 난…

어머! 우리 꽁심이~

음…

외할머니 닮았구나!

씨~익

친구들이 우리 꽁심이가 나나 신랑을 닮았다고 할 때보다
외할머니 닮았다고 말해줄 때가 가장 즐겁다.

왜냐고?

외할머니가 우리 집안 최고 얼짱이니까~

잠깐!
그러고 보니 난 아빠를 닮은 건가?

부모의 실수

부모는 누구나 자식에게 상처를 준다.
어쩔 수가 없다.

어린 시절에는 어떤 아이든 깨끗한 유리처럼,
보살피는 사람의 손자국을 흡수하게 마련이다.

어떤 부모는 유년기의 유리에 손자국을 내고

어떤 부모는 금 가게 한다.

그리고 몇몇은 유년기를 완전히
산산조각을 내서
다시 맞출 수 없게 만들기도 한다.

얼마 전 읽은 책에 나온 구절이었는데
자꾸만 기억에 남는다.

난 어떤 부모일까?

혹시 나도 모르게 꽁심이의 마음에
이런저런 흠집을 내고 있진 않은지….

TV를 보다가

12년간 남편의 사랑을 한 번도 의심하지 않고
오직 가정의 기쁨을 위해 살아온 한 여인.

우리 남편 다른 건 몰라도
절대로 바람은 안 피워.
너도 그이 성격 알잖아…

그래도 내가 보기엔
요즘 좀 수상하더라.
남자는 모른다, 너.
아무튼 너도 신경 좀 써.
남편이랑 애만
챙기지 말고!

그러나 어느날 찾아온 현실!
남편의 외도!

가정을 지켜보려 노력했지만
결국 남편의 뻔뻔한 태도에
더 이상 참지 못하고…

이혼을 선택한 그녀.

감정이입의 일인자 차차심 씨
어느새 드라마 속의 주인공이 되어
흥분의 도가니탕 속에 빠져드는데…

167

168

난 어떻게 해야 할까?

마음은 아프지만 꽁사마를
쿨하게 그 사랑에게로 떠나보낼 것인가,

그 불이 꺼질 때까지 묵묵히 옆에서 기다려줄 것인가,

아니면 정신 차릴 때까지 패줄 것인가…

그때 분위기 파악 못 하고
등장하는 꽁사마,
간혹 운 나쁘게 걸려서

영문도 모른 채 TV 속 주인공 대신 봉변을 당하기도 한다.

170

요즘 주변에서 두 분이 건강하게 같이 노후를 보내고 계신
어르신들을 보면 존경심이 절로 든다.

그 긴 세월 질병으로부터, 주변에 도사리고 있는
많은 사고로부터, 또 서로에게 다가왔을 유혹으로부터
가정을 지키고 자신을 지켜내셨을 당신들…

우리 부부도 그렇게 그렇게
모나지 않게 티나지 않게 서로의 손을 잡고
황혼길을 걸어갈 수 있었으면 하는…

지금 가정을 지키고 계신 많은 부부들에게
박수를 쳐드리고 싶다.

짝 짝 짝 짝!

된똥

돌이 지나도록 엄마 젖만 좋아라 하던 우리 꽁심이.
최근 들어 밥을 넙죽넙죽 잘 받아먹는다 싶더니
들어간 음식이 달라져서일까?
요 며칠 똥을 못 누고 힘들어한다.

여보! 꽁심이 관장해야 하는 게 아닐까? 벌써 3일째라고….

저렇게 먹기만 하고 내보내지 않는데 병원에 가봐야 하는 거 아니야?

글쎄…
저번에 오공이도
똥을 며칠씩 못 누던데.
아무래도 우리 꽁심이
된똥 누려고 그런 것 같아.

아직 된똥을 한 번도 눠보지 못한 우리 꽁심이,
오늘은 혼자서 힘줬다 포기하기를
자주 반복하고 가스를 방출하며 이리저리
돌아다니더니 급기야는 울음을 터뜨려버렸다.

아아앙!
엄마!!

173

된똥을 처음 눌 때 힘들어할 거라 예상은 했지만
막상 그 일이 현실로 나타나자
도대체 어떻게 해야 할지 생각도 안 나고,
울어대는 꽁심이를 보니 마음만 급해져
점점 더 당황스럽기만 했다.

그러니까 당황하지 말고 위생장갑 끼고
베이비오일을 충분히 묻혀서
된똥이 나와 있는 주변을 만져보면
덩어리 똥이 느껴질 거야.

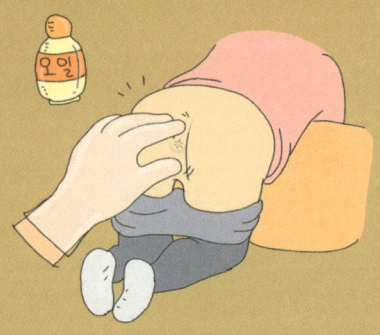

그 주변을 살살 자극해주면서
아기가 힘을 줄 때 똥을 잡고 함께 조금씩 빼주면 돼.

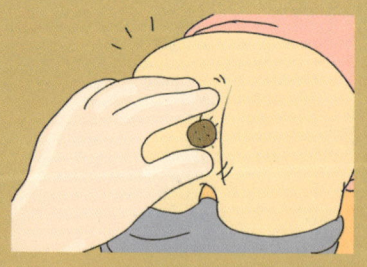

아기랑 타이밍을 잘 맞춰야지,
성급하게 손으로 빼려고 하면 똥이 끊어져서
더 힘들게 되니까 마음의 여유를 갖고
아기의 타이밍에 잘 맞춰.

우여곡절 끝에 결국 된똥 누기에 성공한 꽁심이!

아픈 만큼 성숙해진다고 했던가?

더 이상 아기의 것이 아닌 꽁심이의 똥을 보고 있자니
웃음도 나오고, 한편으론 다 키운 것 같기도 하고…
만감이 교차했다.

이렇게 우리 꽁심이 조금씩 조금씩
어른이 되어가겠지?

길고 굵은 네 덩어리의 똥!
엄마는 오늘을 잊지 못할 거야.

아이가 다치면

남편과 마감이 겹쳐
꽁심이를 잠시 방치한 틈에…

쿵!

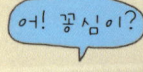
어! 꽁심이?

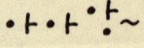
아아앙~

뭐, 뭐야!

꽁심이가 혼자 놀다 의자에서 떨어지는
사건이 발생했다.

아기가 울고 있는 모습을 보고 남편은 나에게 화를 냈고,

순간 꽁사마의 다그침에 왠지 내가 잘못한 느낌이 들었다.
꽁심이에게도 미안하고…

그런데 조금 정신을 차리고 생각해보니
화가 나는 것이 아닌가!

'왜 나에게 화를 내는 거지?'

181

그런 나의 태도에 처음엔 당황하던 꽁사마!
그러나 이내 수긍이 되었는지 사과를 했고…

어… 그게…
꽁심이가 우니까
나도 모르게…
그러고 보니 당신이
잘못한 것도 아닌데
화내서 미안해.

그렇게 그날의 해프닝은 잘 마무리되었다.

엄마! 엄마라는 단어가 주는 삶의 압박감!
늘 아이와 자신의 삶 속에서
선택해야 하는 많은 문제들.

꽁심아, 미안해.
엄마가 좀더
신경써야 했는데…
엄마 일 욕심에
우리 꽁심이를
외롭게 한 건 아닌지…

엄마들은 누가 뭐라고 하지 않아도
좀더 신경써주지 못한 자신을
이렇게 자책하고 반성하게 되는데

도대체 어째서 아이에게 문제만 생기면
평소에 그다지 신경도 안 쓰던 사람들이
엄마들에게 화를 내고 큰소리를 치는지 모르겠다.

가족들이여!
아이 문제로 상처받고 마음 아픈 엄마들에게
부디 말로써 두 번 상처주는 과오는
더 이상 범하지 마시기를~

신동 탄생

아이의 의도와는 다른 어른들의 해석…

그리하여 설날 또 하나의 신동이
탄생했다!

진짜라니까요

14개월에 접어들자 눈부시게 발전하는 꽁심이.

신기하고 기특한 마음에 만나는 사람마다
신나게 자랑을 하고 다녔는데…

정말이라니까요…
우리 꽁심이 다 안다니까요.

꽁심아, 고양이 어딨어?
아니, 이거 야옹이 말이야.
꽁심아, 만세 해봐.
너 잘하잖아…
차렷! 경례!
아닌데, 잘하는데.
그럼 우리 책 읽을까?

전혀 협조를 안 해주는 우리 딸.

어째서 다른 사람 앞에선 그렇게
어수룩하게 행동하는 건지…

종종 아기들은 엄마들을 본의 아니게
거짓말쟁이로 만든다!

꽁심아, 이번 설날엔
엄마 기 좀 살려줘!

가족이란 이름으로
만들어가는
행복한 세상

길들이기

이거, 이거,
이거, 이거!!

꽁심이는 꽁심이대로, 꽁사마는 꽁사마대로
서로에게 뭔가를 시키며 즐거워하는 부녀…

그 부녀의 모습이 사랑스러운 요즘이다.

왠지 쓸쓸하다

오늘 모처럼 미장원에서 머리를 하고 왔는데…

하루가 다 가도록 끝내
내 머리에 대해선 아무 말이 없는 꽁사마!

꽁심이의 사소한 변화엔
그리 민감하더니만…

파마를 하고 온 내 머리를 몰라봤다는 건가?

왠지 쓸쓸하다….

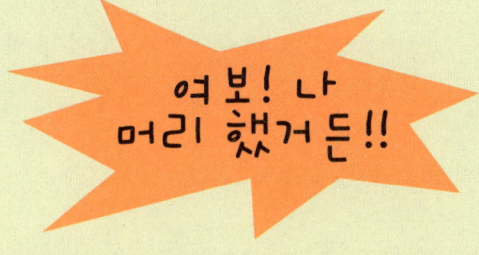

태교의 중요성

왜 이렇게 늦었어?

나오는데 신랑이 성질을 돋우잖아, 그래서 한판 하고 나왔어.

아유 너까 좀 참지. 홑몸도 아니면서…

홑몸이 아니니까 신랑이 나를 건드리면 더 안 되지.

하긴… 암튼 어여 가자. 선생님 기다리시겠다. 너 예약시간 늦었잖아.

1년 전 꽁심이가 태어난 조산원에
출산을 앞둔 동생과 함께 방문했다.

언제나 그렇듯 친정 엄마처럼 반갑게 맞아주시는 원장님…

그렇게 몇 분 동안 우린 서로를 보며 즐겁게 율동을 했고
한참 웃고 나서 원장님의 권유로 뱃속 아기를 다시 봤다.
그런데 정말 신기하게도 아기가 웃고 있는 게 아닌가!

내가 아기 받은 지 40년이 다 되가는데이.
그 동안 아기 마중하면서
정말 절실하게 느낀 게 뭔 줄 아나?
바로 태교의 중요성인기라.
아기는 솔직하데이.
부모의 사랑을 제대로 받은 아기는
꼭 그 값을 한단 말이다.
아기 키우기 쉽게 하고 싶으면
뱃속에 있을 때부터 잘하라.
안 보인다고 자꾸 까먹고 그러지 말고.
아기와 나는 하나라는 걸 잊지 말어!

네…
노력할게요.

당신의 아이가 똑똑하고 의젓하고 사랑이 많고
따뜻한 사람이 되길 원하시나요?

그렇다면 아내를 행복하게 만들어주세요.

그럼 정말 멋진 아이와 만나시게 될 테니까요.

잘하는 게 참 많은 우리 꽁심이

만 15개월 된 우리 꽁심이입니다!

꽁심이는 잘하는 것이 참 많습니다.

틈나는 대로 아빠 구두 닦아주기.

집안 구석구석에 자리 잡은 숨은 먼지 닦아내기.

아! 물론 장롱 밑 먼지도 놓치지 않고 닦아주죠.

엄마 대신 화장대 위도 깨끗이 치워주고,

매일매일 서랍장 속 물품들도 확인하는 부지런함까지…

입맛이 없는 날엔
가족들을 위해 새로운 요리도 만들어주고,

여자아이답게 자신의 피부관리 또한
스스로 한다죠…

물론 효녀 꽁심, 아빠의 피부도 잊지 않고…

어때요? 우리 꽁심이…

정말 잘하는 게 낳지 않나요'?

지켜보기

지금 들고 계신 화분 속에 뭐가 있죠?

아마 사랑스런 하트가 열릴 거예요.

아! 하트나무요.

저희는 별나무요!

정말 멋진 별이 주렁주렁 열릴 걸요!

오호호호! 우린 다이아몬드예요. 눈부시게 반짝거리는… 아… 정말 멋지겠죠?

그랬다! 난 그랬다… 우리 꽁심이가
하트열매를 맺어줄거라 생각하고 있었다.

그런데 오늘 읽은 책 속에 나온 한 구절!

"우린 아무도 아이의 나무에 무엇이 열릴지 모른다!
부디 사과나무에 배가 열리길,
선인장에서 푸른 잎이 나기를 기대하지 말라!"

그 책 내용은 지금까지의 나를 반성하게 만들었다.

어느넛 나의 욕심으로 꽁심이의 미래를 꿈꾸고 설계하고…

아이가 맺게 될 아이의 열매를 그대로 인정하고
지켜봐주는 것이 아이와 부모 모두의 행복인걸….

수유 중단

원하는 스타일의 옷도 사 입고,

친구들과 술도 한잔…

매운 것도, 짠 것도, 단 것도…

그 어떤 자극적인 음식도 원한다면
마음대로 먹을 수 있어서 좋을 거라 생각했었다.

수유만 끝난다면…

그러나!

수유 중단 3일째, 퉁퉁 불은 젖가슴을 붕대로 동여매고
꽁심 양보다 더 힘들어하고 있는 차 여사였다!!

옷을 살 때도 수유 가능한 디자인을,
식사 때도 아기에게 해롭지 않은 음식만을,
밤에도 수유를 위해 서너 번씩 잠에서 깨야만 했던 나!

수유만 끝나면 정말 행복하고 편안할 줄 알았는데…
막상 현실로 이루어지니 기분이 여간 이상한 게 아니었다.

젖이 부어올라 아픈 것은 둘째치고
왠지 모를 허탈함과 상실감… 아기와 공유하던
끈끈한 유대감을 잃은 듯한 느낌이랄까?

아기에게 수유했던 시간들이
얼마나 행복하고 아름다웠는지
절실하게 느껴졌다.

이런 안타까운 마음이라니…

꼬심이팁!

젖 뗄 때 한 번에 끊으려고 무작정 참기보단
조금씩 짜주면서 자연스럽게 양을 줄여나가야
고생을 덜 할 수 있습니다.

그리고
식혜나, 그냥 엿기름만 내린 물을 끓여
꿀을 타서 마시고

시원한 양배추 잎을
가슴에 붙이고
압박붕대를
묶는 걸 병행하면
젖몸살의 고통을
줄이는 데 도움이 된다네요!

잠자기 싫어요

짜잔~ 쇼타임!

우리들은 23일 차이 나는
꿍심이와 밤톨이~
사이좋은 사촌지간이라죠~

자기를 보는 눈이 많은
가족 모임이 있는 날이면
더욱더 잠을 안 자고 버티는 꽁심 양…

뭐 자기가 자버리면
가족들이 슬퍼하기라도
할 것 같은 느낌이 드나 보다.

둘째 만들기

226

......

번쩍!

말똥말똥　　　　　말똥말똥

!

허억!

뭔가 역사가 이루어질 만하면 늘 잠에서 깨
나를 찾는 우리 꽁심이!
역시… 아직은 동생이 생기는 것이 싫은 걸까?
어찌나 방해를 하시는지…

도대체 다른 사람들은 어떻게 둘째를 만들었을까?

올려주고 내려주고

꿍심이 드디어 젖 끊었다면서, 언니?

응. 생각보단 쉽게 끊었어. 이녀석 적응이 빠르더라구.

에공… 그나저나 가슴이 점점 작아지고 있어.

흣! 언니 그건 시작에 불과해.

좀더 지나면 옛날보다
더 작아진다니까…
언니도 알지?
나도 우리 근영이 수유할땐
언니보다 더
빵빵한 가슴이였던 거.
그런데… 지금은
완전 평면TV 같잖아.

에이…
그냥 상대적인 상실감이 아닐까?
커졌다가 다시 돌아오니까…
너 원래 그만했잖아?

무슨! 지금보단 컸지.
내가 백날 말해봐야 뭐하우.
얼마 있으면 스스로 느낄 텐데.

그러고 보니 어제보다 더 작아졌다!
수유 중단 후
하루하루 작아지고 있는 내 가슴…
둘째를 갖지 않는 한 어쩜
내 인생 마지막 왕가슴이 될
지금의 모습!
그렇다면… 역시!

찍어두자!

하나님도 너무하시지…
나처럼 모유 수유한 엄마들에게
수유 때의 가슴 크기를 선물로 남겨주면 얼마나 좋아?

그럼 세상 모든 엄마들이
다 알아서 모유 수유를 할 텐데 말이야.

어느덧 제자리로 돌아오고 있는 가슴을 보며
왠지 모를 서운함을 느낀 하루였다.

귀 기울이기

맞춤법 또 틀렸네.
국어 실력 완전
들통 났겠다.
오늘은 좀더 꼼꼼하게…

이것 참, 정말
쑥스럽구먼…

아아앙!
엄마, 엄마!

어! 그래!
꽁심아, 엄마 간다.

아휴~
다 해가는데
조금만 더
자주지…

휙!

밝은 방에서 작업을 하다가
아이가 자고 있는 컴컴한 방으로 가면

순간 눈앞이 캄캄해져서 아무것도 보이지 않는다.

잘 보이지 않아 느끼게 되는 그 순간의 답답함이
이내 짜증스러움을 만들다가…

어느새 내 눈이 어둠에 익숙해져
내 아이의 눈, 코, 입…
그렇게 아이의 모든 것들이 점점 더 선명해지면
처음의 짜증스러움과 답답함은 사라지고

이내 사랑하는 내 아이의 모습에 집중하게 된다.

어쩌면 아이 키우기란 귀 기울일수록
함께할수록 좀더 쉬워지는 게 아닐까?

아이와 함께할수록 그동안 보이지 않던
아이의 세세한 부분까지도 눈에 보이게 될 테니…

아이의 공간에 익숙해질수록
답답함은 사랑으로 변하게 되겠지?

아기와 아빠의 거리 줄이기

여자의 본능 안에는 하나님이 주신 모성애와 섬세함이 있어
아이의 변화를 그때그때 느끼며 대처하고 보살필 수 있지만

왜!! 이제 혼자
앉을 수 있는 거야?

어머, 우리 꽁심이 이제
무릎으로 길 줄도 아네!

와! 섰다!!

짜잔!

우뚝!

음… 우리 꽁심이자아가 발달되니
싫다는 표현도 할 줄 아는군.

236

남자의 본능 안에는 아이를 키우는 것에 대한
두려움이 가득 차 있어서 아이가 변화하면 당황한다고 한다.

늘 함께 아기의 작은 변화를 경험하며
친분을 쌓아가는 엄마들에 비해

출퇴근하는 아빠들은 시간이 지날수록
아이와의 거리가 멀어지고
그렇게 점점 더 아이의 교육과는 멀어져간다고 하니…

아내들이여, 전화하시라!
아기가 얼마나 아빠를 그리워하는지
약간의 과장을 섞어…

그리고 퇴근한 아빠들에게
아이의 하루일과를, 작은 변화들을
그날그날 이야기해주시길…

남편도 서서히 아이의 교육에 동참하게 된다죠…

무뚝뚝한 남편과 아이 사이의 거리 좁히기!
자! 오늘 한번 시작해보심이….

집에 있는 남편에게도
한번 해보세요.
선의의 거짓말!
전 요즘 효과 톡톡히
보고 있습니다!

한풀이

한동네에 살다 최근 강남으로 이사한 언니네 집에 놀러갔다.

와! 집 좋다~
예쁘게 잘해놨네.

예쁘긴 뭘...
그전 집보단 좀 작지?

어! 미림이
오랜만이다!!

어? 차심이 이모!
언제 왔어요?

꽁심이두
많이 자랐네요?

영어학원에서 돌아오자마자
다시 바이올린 레슨을 받으러 가는 미림이…

그랬다! 언니는 아이가 6학년이 되자
교육 문제를 이유로 강남으로 이사를 했다.

미림이가 다녔던 초등학교에선 6학년이 되면
아이들이 전학을 많이 가서 한 학급이 없어질 정도라니…

전학 간 아이들이나 남겨진 아이들이나
기분이 어떨는지…

과연 누구를 위한 선택일까?
혹시 아이를 위한다는 미명 아래 우린 우리들의
한풀이를 하고 있는 것이 아닐까?

아… 나도 우리 꿍심이에게
나의 한풀이를 하게 되지나 않을는지. 에구…

누군가 그랬다.
여자는 약하나 어머니는 강하다고…

그러나
그 강한 어머니들도 아이들의 교육 앞에서는
한없이 흔들리는 갈대가 된다지.

5분의 기적

보자 보자 하니까…

어제 신은 양말

그제 신은 양말

그끄제 신은 양말

아~ 정말이지 당신들
너무한 거 아니야?

치워도 치워도 끝이 없는…
제발 치우는 사람이 보람을 느낄 시간은
좀 줘라, 이 부녀야!

몰라!
나도 이제 파업이다.
맘대로 해!
나도 이제 청소 안 해.
둘이서 알아서 해!

여보! 면도해.
꽁심아…
에잇!

후다다닥!

늘 예쁘게 집 꾸미기를 좋아라 하는 난,
집 안이 엉망일 때 손님이 찾아오면
정말이지 벗어놓은 속옷을 보인 것 같은 느낌이랄까,
뭐라 표현하기 힘든 창피함이 밀려온다.

하지만 역시 아이가 생기니
치워도 금세 집 안은 엉망이 되고 집에서 일하는 남편까지
한술 더 떠 꽁심이랑 함께 어수선을 떠니…

그래서 요즘 내가 찾은 방법 하나!
방 하나를 아예 다용도 창고로 만드는 것이다.
서랍장이며 장난감, 이런저런 불필요한 소품들을
힌곳으로 몰고 나면 나머지 공간에서 여유를 찾을 수 있고
또 불시에 찾아오는 손님이라도 있는 날이면
지저분하게 널려 있던 모든 것들을
몰아넣어 짧은 시간 안에 깔끔한 집으로
변화시킬 수도 있다지…

아이가 있는 집에 찾아갈 땐 청소할 수 있는
시간을 고려해서 전화 먼저 해주는 센스!

주부는 늘 살림 잘한다는 소리를 듣고 싶답니다~

누구를 위해?

유제품 알레르기가 있는 우리 꽁심이.
그래서 다른 아이들보다 좀더 음식을 가려 먹이는 편인데
그런 내 모습에 유난을 떤다며
핀잔을 주는 사람들을 종종 만나게 된다.

아유 예뻐라!
이거 먹어.

저… 우리 애는
아직 이런 거
못 먹는데요.

내가 주는 건 괜찮아!
그냥 줘.
이런 거 가지고 왜 그래?
사람 무안하게.

아… 네에에~
그래도.

버둥버둥

안 되는데…

그래서 본의 아니게 꽁심이를 울리게 되는 경우가 많은데
그럴 때마다 가끔은 정말 내가 유난을 떠는 걸까? 하는
의구심이 들기까지 한다.

도대체 왜 사람들은 몸에 안 좋은 걸 알면서도
권하고, 또 그걸 거절하면 화를 내는 걸까?

그러고 보면
아이들의 TV 중독, 컴퓨터 중독, 인스턴트 중독,
우리들의 책임이 아닐까?
누가 뭐라고 해도 그 첫 시작은 우리들이 했을 테니…

담배 끊으려는 사람에게 담배 권하는 사람!
술 못 먹는 사람에게 술 권하는 사람!
과자 안 먹이는 엄마에게 핀잔주는 사람!

이제 그만 그냥 혼자만 즐기면 안 되겠니?

첫 창조물

배변 훈련을 시작하는 아기들!

이 시기에 그들은
똥에 관심이 많아진다고 한다.

무슨 생각을 하는 건지 알 듯 모를 듯 오묘한 표정을 지으며
자신의 응가에 지대한 관심을 보인다고 하는데

이렇게 자신의 똥에 관심을 보이는 아이를,
어른들이 심하게 혼내면 아이는 그것을 만들어낸 자신까지도
나쁘게 인식하게 된다고 하니,

오히려 자세한 설명을 통해 아이의 인지 능력이
성장할 수 있도록 도와주는 것이 좋은 방법이라고 한다.

똥에 대해 민감한 반응을 보이는 아이일수록
더욱더 세심하게 대처해야 한다지…

258

아이를 키우다보면 전혀 예상하지 못한
아이들의 심리 현상들을 만나게 된다.

아… 내일은 또 어떤 모습의 꽁심이를 만나게 될는지…
매일매일 몸과 정신이 자라나는
아이들을 지켜보는 것, 당황스러우면서도
즐거운 경험이다.

아이와 함께하면

예전엔 그랬다, 엘리베이터에
남자와 단 둘이 타게 되면…

어색함과 무서움이 뒤엉켜 엘리베이터가
빨리 내려가기만을 기다리며 발을 동동 구르다가,
문 열리기가 무섭게 잽싸게 뛰쳐나가곤 했다.

그러나
꽁심이와 함께하는 지금은…

처음의 경계심도 잠시,

그 누굴 만나도 웃으며 인사를 나누는
이웃사촌 간이 된다지!

그러고 보면 세상 모든 사람들이 아이랑 함께 다닌다면
우린 좀더 따뜻한 세상에서 살게 되지 않을까?

(국회의원들도 모두 자신의 손자들과 함께 국회에 출근한다면,
좀더 부드러운 대화들이 오갈 텐데…
거짓말도, 욕설도, 헐뜯기도 하지 않겠지?)

263

일어나시오!

저벽

오! 공주…
당신의 잠을 깨울 수 있는 건
오직 왕자의 달콤한 키스뿐…
자, 어서 일어나시오!
나의 사랑…

264

요즘 들어 늦게 자고 일찍 일어나는 꽁심이.
눈을 뜨면 언제나 침 뽀뽀로
내 잠을 깨우는 그녀…

으~ 꽁심아!
일찍 자고 일찍 일어나든지,
아니면 늦게 잔 날은 좀더 자주면 안 되겠니?
네가 수험생이냐?
밤잠을 6시간밖에 안 자다니!
넌 10시간 정도는 자도 되거든!
엄마 요즘 힘들다… ㅠㅠ

멘토

차심 씨,
작업하다 모르거나 힘든 일 있으면
언제든지 물어보세요.

나에겐
벌써 11년간 친분을 쌓아온
소중한 인연이 하나 있다.
처음 입사한 회사에서 만나
지금까지 친구같이,
언니같이,
때론 엄마같이
든든한 후원자가 되어주는…

지금은 서로 멀리 떨어져 살아 자주 보진 못하지만
그래도 여전히 난 뭔가 내 삶에 자극이 필요한 시점이 되면
어김없이 그녀를 찾곤 하는데

차심 씨 어서 와요!
어머! 우리 꽁심이 많이 컸네?

선배! 잘 있었죠?
수민이랑 수정이도
잘 있죠?

어어어
오오~

266

일하며 아기 보기 힘들다고 투정 부리고 싶은 나 자신을
그녀는 늘 스스로 반성하게끔 질책하게끔 만들어주기 때문이다.

내 삶의 멋진 자극제 여정 선배! 당신을 나의 멘토로 임명합니다.

엄마표
고구마칩, 감자칩!
자, 만들어볼까요?
너무 쉬워서 돈 감고도
하겠어요.

차심이의 팁!
육아 선배에게 배우는
초간단 아기 간식 만들기

1. 감자, 고구마 껍질을 잘 벗기고 얇게 채 썰어서 물에 씻어주세요.

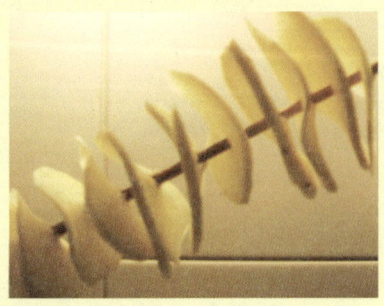

2. 나무 꼬치에 약간의 간격을 두고 하나씩 꽂아주세요.

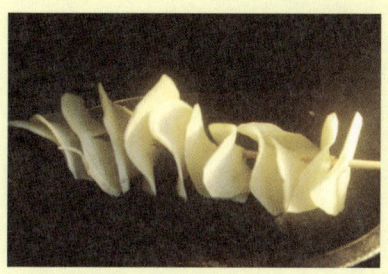

3. 전자레인지용 그릇에 꼬치를 걸치고 3~5분 정도 전자레인지를 돌리면 끝!

짜잔! 드디어 완성!

시판되는 감자칩처럼 짜지 않고
고소하고 바삭하니 맛나요.
첨가물도 없고~ 우리 아이들
안심하고 먹이기에 딱! 이네요.
여러분도 오늘 꼭 한번
만들어보세요~

친구 만들기

혼자 아기 보기가 외롭고 힘들다고…
그래서 우울증에 걸릴 것 같다고
하소연을 해오는 친구들이 가끔 있다.
아이가 어려 멀리 있는 친구 집까지
놀러 가기도 힘들고
그래서 어쩔 수 없이 아이와 함께
그냥 집콕하고 있다는 친구들.

차심아, 놀러와라.
나 정말 심심해서
죽을 것 같아…

나도 가고 싶긴한데
너무 멀다. 일산은…

아무리 친한 친구였더라도 결혼을 안 했거나
했더라도 아이가 없는 친구라면
그 친구들과는 더 이상 공통의 대화를 찾기 힘들어지고…

응? 바비…
유리드믹스가
뭐라고?

저번에 우리 꿈심이
바비무지크 슐레 들었는데
이번엔 유리드믹스를
한번 들어볼까 해.

…

도통 무슨 소린지.

아… 역시 아이 이야긴
재미가 없나 보구나.

게다가 집마저 멀리 떨어져 있다면…
이웃사촌이라고 했던가?
역시 같은 또래, 같은 동네에 사는 친구만이
육아의 외로움과 어려움을 덜어줄 수 있다.
이제 더 이상의 외로움은 없다!
동네친구 만들기!

자! 그래서
추천합니다.

당신이 지금 외롭다고 느껴진다면
지금 당장 가까운 문화센터를 찾아가시길…

문화쎈터!
같은 지역, 같은 또래의
아이를 둔 둥지를 만들기엔
최적의 장소!

아이들은 물론⋯

서로서로 외로운 사람들이였기에,
같은 또래의 아이를 두고 같은 고민을 하는 엄마이기에 갖게 되는
그 끈끈한 유대감은 당신의 어떤 친구들보다 더 큰 힘이 된다지⋯

아이 키우기⋯
피할 수 없다면 즐기자구요!

생후 4개월에 만나
친구가 된 아이들은

오공이　　꽁심이　　은재　　태은이　　줄

잘 자라고 있습니다.
이렇게 1년, 2년… 10년
그렇게 그렇게
좋은 추억이 되길….

이름을 불러준다는 건

꽁심이의 발음이 분명하지 않던 시절,

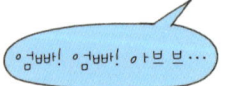

엄빠! 엄빠! 아브브…

여보, 꽁심이가 부른다.
빨리 가봐…

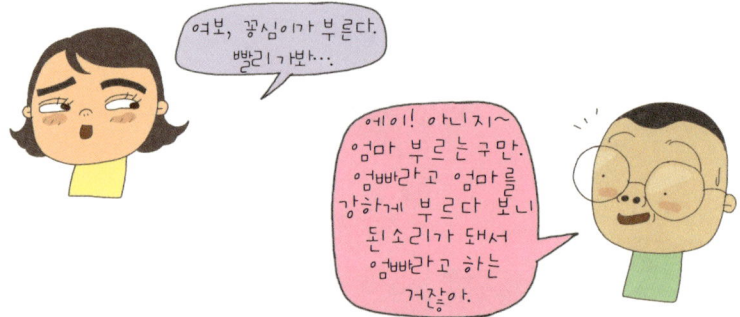

에이! 아니지~
엄마 부르는구만.
엄빠라고 엄마를
강하게 부르다 보니
된소리가 돼서
엄빠라고 하는
거잖아.

꽁심이의 말을 애써 못 들은 척
알아도 못 알아들은 척 둘러대던 꽁사마…

음… 저 녀석
바쁜데 또 부르네…

아브! 엄빠!
아그끄가 끄끄.

꽁심아! 아빠
못 알아들은 거다.
안 놀아주는 게
아니라구…
서운해 하지 마라…

엄바? 아~ 엄만
부엌에 있잖아.
엄마한테 책
읽어주세요 해.

274

그러나 최근 들어 너무도 분명해진 그녀의 퍼펙트 발음!
아빠의 밤샘 피곤 같은 걸 알 리 없는 꼬마…

아빠! 책! 책!

크윽! 더…더 이상은 둘러댈 수도 없구나.

아빠! 아빠! 아빠!

하지만… 난 그녀의 아빠인 것이다! 일어나자!

그래도 기분이 정말 묘하다.
우리 꽁심이가
아빠라고 불러주니까…

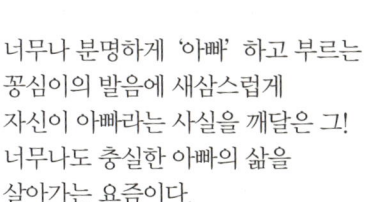

너무나 분명하게 '아빠' 하고 부르는
꽁심이의 발음에 새삼스럽게
자신이 아빠라는 사실을 깨달은 그!
너무나도 충실한 아빠의 삶을
살아가는 요즘이다.

뭐 이 약효가 언제까지 갈진 모르지만…

내가 그의 이름을 불러준 것처럼
나의 빛깔과 향기에 알맞은
누가 나의 이름을 불러다오.
그에게로 가서 나도
그의 꽃이 되고 싶다.

우리들은 모두 무엇이 되고 싶다.
나는 너에게 너는 나에게
잊혀지지 않는 하나의 의미가 되고 싶다.

엄마라는 이름으로 아빠라는 이름으로
남편이라는 이름으로 아내라는 이름으로
우린 그렇게 서로에게 소중한 의미가 되는
사랑하는 가족이다.

첫 아이를 가졌을 때 후회할 일을 했다.
그건 아기가 내 뱃속에 있었던 그 황금같은 시간을
너무 허무하게 보내버렸다는 것이다.

임신 초기엔 입덧이 있단 이유만으로 거의 집에서 누워서 보냈고,

입덧이 안정이 된 5개월에 접어들어선,
입덧 동안 못먹었던 한이라도 풀어보려는 듯
먹고 싶은 것은 아무 생각 없이 먹었고,
한술 더 떠 초반에 생겨버린 게으름에 몸을 맡겨
임신 전보다 더 움직임 없이 보내버렸다.
뭐 태교를 생각해 책을 읽는 정도가 다였을 것 같다.

그렇게 퍼진 생활을 하다 보니
당연 나의 몸도 한없이 퍼져만 갔고,
30주에 들어선 20kg 가까이 몸무게가 늘어났다.

그렇게 하루 이틀 시간을 보내던 어느 날
여느 때처럼 먹고 싶었던 쵸코케이크을 하나 사들고
룰루 랄라 신나게 집으로 가던 중
신호등 앞에서 우연히 만나게 된
고교동창 효숙이…
막달이 다 되어간다는 그녀는
내가 늘 꿈꾸어오던 날씬한 몸에
배만 귀엽게 볼록 나온 퍼펙트 산모의 모습이었다.

이것저것 배우러 다니면서 바쁘게 생활하다보니
살찔 시간이 없었다는 그녀

뭐! 이 틈에 배우고 싶었던 걸
다 배워보는 중이야.
이 시간이 어쩌면 나에게 주어진
마지막 자유 시간일 수도 있으니
맘껏 누려야지! 지금도 퀼트수업 듣고,
수영하러 가는 길이야.

와! 너 정말 멋찌다!

그동안 난 뭘 한 걸까?
벌써 9개월이나 다 되어가는데
아무것도 하지 않은 채
이 소중한 시간들을 다 허비해 버렸으니

그 친구 앞에서 갑자기 살찐 나의 모습이
어찌나 부끄럽게 느껴지던지
쵸코케이크를 들고 있던 손이 정말 민망한 순간이었다.

그 후로 몸과 마음을 다시 정비하고 매일 걷고 운동하고,
집 근처 가까운 곳이라도 좀더 찾아보고자
노력하며 지냈고, 그 덕분인지 다행히 몸무게가 더 이상 늘지 않아
자연분만을 조금이나마 쉽게 할 수 있었던 것 같다.

결국 그 무엇이라도 충분히 배우고도 남았을
10개월이란 황금같은 시간을 그냥 소비해버린 죄로
이젠 배우고 싶어도 배울 수가 없거나,
아니면 좀더 고생해가며 배워야만 하는 상황이다.

혹시, 몸이 힘들다고 마냥 누워서 뭔가 계획했던 일들을
미루고 있진 않은지…
부디 나와 같은 후회들은 하지 말고,
지금 주어진 홀몸(아직 아기가 뱃속에 있는 상태)의
자유를 알차게 보내시길!

나이를 먹는 것 자체는 그다지 겁나지 않았다.
나이를 먹는 것은 내 책임이 아니다.
그것은 어쩔 수 없는 일이다.
내가 두려웠던 것은
어떤 한 시기에 달성되어야 할 것이 달성되지 못한 채
그 시기가 지나가 버리고 마는 것이다.
그것은 어쩔 수 없는 일이 아니다.

『먼 북소리』 무라카미 하루키

꽁심이 육아일기

1판 1쇄 인쇄 2006년 10월 17일
1판 1쇄 발행 2006년 10월 20일

지은이 ｜ 차차심
발행인 ｜ 박근섭
편집인 ｜ 방지선, 최가영, 목유경, 임수현, 이경수
펴낸곳 ｜ 민음사출판그룹 **(주) 황금나침반**

출판등록 ｜ 2005. 6. 7. (제16-1336호)
주소 ｜ 135-887 서울 강남구 신사동 506 강남출판문화센터 4층
전화 ｜ 영업부 (02)515-2000 / 편집부 (02)514-2642 / 팩시밀리 (02)514-2643
홈페이지 ｜ www.gdcompass.co.kr

값 10,000원

ISBN 89-91949-94-0 (03810)